插图本

换舷酒馆

深 海 著

中国文联出版社

图书在版编目（CIP）数据

换舷酒馆 / 深海著. -- 北京 : 中国文联出版社, 2023.7
ISBN 978-7-5190-5243-0

Ⅰ. ①换… Ⅱ. ①深… Ⅲ. ①长篇小说－中国－当代 Ⅳ. ①I247.5

中国国家版本馆CIP数据核字(2023)第113220号

著　　者　深　海
责任编辑　蒋爱民
责任校对　秀　点
封面设计　吴立群

出版发行　中国文联出版社有限公司
社　　址　北京市朝阳区农展馆南里10号　　邮编　100125
电　　话　010-85923025（发行部）　85923066（编辑部）
经　　销　全国新华书店等
印　　刷　廊坊佰利得印刷有限公司

开　　本　787毫米×1092毫米　1/32
印　　张　6.75
字　　数　80千字
版　　次　2023年7月第1版第1次印刷
定　　价　28.00元

1

“把你们佐藤老板叫来……把你们佐藤老板给我叫过来，听见了吗？！”

一号包厢里传出一阵咆哮声，整个走廊都听得到。

“会长，山田会长，您别生气，您先告诉我，究竟发生什么了？”餐厅经理野原晴子，在餐饮服务界工作已经超过 15 年，看到永远和颜悦色的山田会长，转瞬间就发这么大的脾气，也有点儿不知所措了。其实，晴子经理是知道VVIP商界大佬山田重雄今天来餐厅宴请他的多个合作伙伴，所以才特意降级，亲自来一号包厢，给今天这场重要的饭局做服务工作的。就在圆桌上所有人第一次举起酒杯之前，一切还都是好好的。

“山田会长，别生气，别生气，先坐下，喝点水吧……”

“晴子，我不难为你，但是你现在赶紧把佐藤给我叫过来吧，我有事问他……”

年近六十的山田重雄，被他旁边的会

ROYAL
ONE

长们劝了几句，情绪缓和了一点儿，慢慢地坐回到了椅子上。只不过现在他都已经懒得再看晴子了，能够转为平静地说话，完全是因为他的个人涵养正在帮他控制依然愤怒的情绪。

“山田会长您消消气儿，我现在就去叫佐藤老板来见您……”

聪明的野原晴子没有托大，她知道一贯和蔼的山田，今天居然在这么多人的饭局上发了脾气，那么这件事已经不是自己能够处理的了。晴子弯着腰，从包厢里退了出去，3分钟后，这家全神户最牛的西餐厅ROYAL ONE的老板佐藤信夫，就毕恭毕敬地出现在气还没喘匀的山田会长面前。

“山田会长，我来了，万分抱歉，您看是哪里出了问题？”今年已经50岁的佐藤，站在只比自己大8岁的山田重雄对面，就像是一个犯了错的小学生。

“佐藤，佐藤，你还问我……晴子，你先给你老板倒杯酒，让他自己喝喝看！”

山田重雄的眼神，跳过戳在桌子前的佐藤，直接吩咐起站在后面的晴子来。

“不用，我自己来！”佐藤信夫立刻制止了准备去给自己倒酒的晴子，回身走到服务台边，拿起台子上的醒酒器，从里面倒了一杯出来。就在酒杯刚刚要接触到嘴唇时，一股醋味猛地钻进他的鼻子里，佐藤停顿了一下，但还是皱着眉头，喝了一小口，然后又强忍着把这一小口给咽了下去。

“山田会长，这……”

佐藤转过身想说些什么，但直接被一直注视着自己的山田打断了。

“佐藤，咱们认识多少年了？如果我还没老糊涂，自打你这ROYAL ONE开张，我就在这里吃饭喝酒了吧？就是因为这儿一贯的菜好、酒好、服务好，我才百分之百地信任你，所以现在是你们推荐吃什么我就吃什么，推荐喝什么我就喝什么，不管是多重要的宴席，我从不安排人提前来试菜试酒，也从来不问价钱，对不对？结果，在今天这场比以前都重要的宴席上，你居然出来啪啪打我的老脸啊！”

盯着已经90度鞠躬，把头埋在胸口的佐藤，山田的后槽牙都快被自己咬碎了，桌上的人全都尴尬得不发一语。

“山田会长，今天这事全是我的责任，我给各位会长赔不是了，您几位都消消气儿，我现在重新给你们选酒去，只求你们今天晚上，千万别因为刚才这瓶酒影响了心情，你们先吃口菜，我去去就回，去去就回……”

2

“给我个解释……”

佐藤信夫闭着眼，坐在自己办公室的沙发上，茶几上摆着一个空空的LA TÂCHE的酒瓶子，在这个空瓶旁边，就是那个包厢里还剩一点点酒液的醒酒器。

“老板，对不起……”跪在佐藤旁边的是ROYAL ONE最引以为傲的员工、曾经最年轻的世界侍酒师大赛冠军、现任ROYAL ONE酒水总监的新海广明。

“老板，箱子搬来了。”门外一个声音传来，说话的是ROYAL ONE的侍酒生、今年刚满28岁的福田大翔，他也是现阶段新海广明最得意的徒弟，新海广明虽然只比他这个徒弟大3岁，但如果从接触酒的时间看，那新海广明已经可以算是福田祖师爷级别的了。

佐藤睁开眼，用下巴示意福田把手里的箱子放在茶几上，福田心领神会地照办，放下箱子的同时，他关切地低头看了一眼自己的师父。新海广明微微点了一下头，福田刚想直起身来说点什么，新海广明又马上冲他摇了摇头，欲言又被师父制止的福田，扭身看了一眼坐在沙发上、眼睛死死盯着醒酒器的佐藤老板，轻轻地叹了口气，咬着嘴唇低头退了出去。出了办公室，福田从外面把门关上，然后耷拉着脑袋离开了。其实，此时办公室的角落里还有另外一个人，他一直斜靠在办公室里那扇最小的窗户边，右手撑着窗台，左手托着一只酒杯。这个人可以说是ROYAL ONE的另一块金字招牌，他是这里的主厨亨利，创造过蝉联世界厨师大赛西餐金奖的神话。可以说，亨利去哪家餐厅，哪家餐厅就一定会排进米其林的榜单。

六年前，正式加入ROYAL ONE之前，新海広明一直身在法国，他一边在一家顶级餐厅打工，一边跟随几个葡萄酒大师学习。而那时，亨利在美国餐饮界早就混得风生水起。佐藤当年组建ROYAL ONE时，为了能够同时把这两员大将收入帐下，机票钱都不知道花费了多少。

亨利是个痴人，他没有在心外科手术界赫赫有名的父亲影响下当成医生，却唯独对做菜情有独钟。优越的家庭环境让他早早尝尽了人间美味，而他打小最感兴趣的事，就是老爸带他去了哪家餐馆吃了什

LA TÂCHE
Bouteilles Récoltées
LES ASSOCIÉS-GÉRANTS
Mise en bouteille au domaine

么好吃的，然后他回家就会想尽办法把那道菜再做给父亲吃。作为父亲，当然还是希望自己的孩子以后可以传承衣钵，做个好医生救死扶伤治病救人，但在亨利 18 岁生日那天，父子二人做了一次男人与男人之间的深谈，最后亨利用小时候父亲教他的一句中国名言“民以食为天”，让这位老父亲苦笑着投了降，放弃了自己的执念。至于新海広明，家境远没有亨利这般富裕，当年作为交换生从日本去法国读书，父母几乎是倾其所有，靠砸锅卖铁才完成的。因为新海広明家本身就是帮着日本几个酒庄种植葡萄的，所以父母让新海広明去农业大学读相关专业，也是想等他学成之后可以帮上家里的忙。谁知道这孩子不仅聪明，学习上还无比上进，大二就被学校给予了日法交换生的机会，但高昂的学费，是必须由学生自己来负担的。

为了给儿子筹措学费，老新海不仅把多少年的积蓄全都拿了出来，最后还背着新海广明的妈妈，偷偷地卖了几亩葡萄园。

“今天卖出去的葡萄园，是为了明天买进更大更好的葡萄园！”这是老新海当时的想法，他坚信在日本这个葡萄酒并不风靡的地方，要学习葡萄酒，永远只能当井底之蛙，唯一能够改变命运的办法，只有把儿子送到葡萄酒的圣地去，那么整个家族未来才有希望，不管付出多大代价，也是值得的。事实证明，他赌对了。

打小就在葡萄园和酒庄里摸爬滚打，可以说新海广明就是跟葡萄一起长大的，种植酿造这种其他学生心中永远是痛的学科，在他眼里反倒是再轻松不过的。到法国的第二年，新海广明就拿到了学校的全额奖学金，老爹靠卖地才勉强凑齐的学费，转眼就原封不动地又回到了他的手里。学费回来了，可生活费依旧要靠自己努力才能挣出来，新海广明就靠课余在学校周边几个餐厅当侍酒生，勉强维持着自己在法国的生活，可也正是由于这几份兼职工作，让他有机会认识了品酒界和侍酒界的好几位大师，日本人身上特有的谦逊和勤奋好学，外加新海広明与生俱来的自信，让这些老师们很快都把他当成自家孩子一样耐心地教导，而侍酒的本事也就是在那段时间逐渐练就的。

“老板……”新海広明看着佐藤的眼睛，“我辞职……”

“你什么？”佐藤睁大眼睛瞪着眼前这个面无表情的年轻人，突然感觉无比的陌生。此时角落里的亨利，也眉头一紧，但他的眼睛却一直没离开过自己手中的酒杯。

“好……好得很啊……”佐藤显然无法接受这个已经在自己身边六年有余的左膀右臂，就这样突如其来地跟自己提出辞职。在佐藤信夫眼里，新海広明就如同自己的孩子，即便这次是由于新海広明的管理不严，差点给餐厅带来大麻烦，但佐藤也并没有打算怎么过重地处理，他要的真的只是新海広明可以给他一个解释：上桌前新海広明为什么没有按照规矩替这些老熟客亲自试酒？但凡他这次只要贴近闻一下，就知道这酒肯定已经无法下咽了。究竟是进货渠道出了问题，还是餐厅的储酒出了问题？是只有这一瓶出了问题，还是进的这一整箱都有问题？佐藤作为老板，无非是想搞清楚这些而已。可现在新海広明连努力争取一下佐藤的原谅都没有，就突然地提出了辞职，这让所有人觉得酒的事情，好像已经不那么重要了……

3

“想走是吧？那就走！来的时候咱们约定好的，我绝不食言！亨利！去让财务部给你这位好朋友结账！废物！”

佐藤从沙发上站起身来，虎背熊腰的身形与还在地上跪着的新海广明形成了鲜明对比，仿佛一头雄狮，马上就要把眼前这只已经快饿晕的羚羊直接吞下去一样。

“老板……”听到老板叫自己，亨利终于放下酒杯抬起头，他知道此时的老板，或许比喝那口劣酒时更加生气。亨利还想替这位已经和自己并肩战斗多年的好兄弟，再说说好话，也许是那份自尊心和荣誉感，让新海広明今天毫无征兆地提出辞职，他急于想为这件事情负起应该承担的责任。但作为旁观者的亨利知道，很显然此时的辞职，并不是一个真正负责任的好方法，这在他们这位野兽派的老板眼里，跟缴械脱逃没有任何区别。发现了问题，第一时间去妥善地解决问题，才是老板佐藤信夫的一贯作风。

佐藤的大手冲亨利一挥，让他不用继续说下去了。

“信誉没了，对我们日本人来说的确是大事，但信誉丢掉了，客户丢掉了，要用自己的生命再把它们挣回来，而不是像个窝囊废一样，跪在那里说辞职！我到现在为止，有没有骂过你一句？谁都会出问题，有问题改掉，一辈子不要再犯！辞职……想走就走，想留就留，当ROYAL ONE是公共厕所吗？这里就算真的对你来说只是公共厕所，可这个厕所建起来，也有你新海广明一份功劳，出点小事儿说不要就不要了？你对得起我吗？对得起亨利吗？对得起你自己吗？我最后再问你一句……”

“老板，放我走吧……”

新海広明依旧一动不动地跪在地上，平静地看着眼前这个咆哮的“野兽”。

整个时空在新海広明说出“放我走吧”这四个字时，就仿佛彻底地停止了。

面对新海広明的辞职，佐藤后来表现出来的愤怒，其实都是为了给自己的爱将一个台阶下，如果新海広明是因为自己的疏忽而自责，才冲动提出辞职的，那这段愤怒的表演，正好是把他从这窘地一把拉出来的最有效的办法。毕竟六年光阴，佐藤骂过多少次“脱线宝宝”亨利，是真的

数不清了，而对于一贯严谨的新海广明，这是他第一次在工作中出现问题，佐藤也不想就因为一瓶还不知道什么原因而变质的酒，去真的责怪一向都对自己要求出奇严苛的新海广明。

从沙发上站起来假装爆发时，佐藤心里还在暗想，看来今天非得嚷几句，才能镇得住这眼看就要投降的小兔崽子了。可现在他意识到了，一切好像都失控了……

“给我个理由，我就放你走……”

佐藤从表演的状态，迅速回归到真实，他故意把那个“放”字，说得格外重。

“我……已经找到其他工作了……”

“什么？新海你的脑子不会是之前病毒感染时给烧坏了吧？你不是早就已经完全康复了吗，为什么现在还在说胡话？你是认真的吗？”

这次轮到一直在旁边装酷看戏的亨利疯了，他打死也没想到，天天在餐厅跟自己泡在一起的死党，一个他自认为了解得清清楚楚的刻板家伙，居然是因为有人来挖墙脚，而就这么轻易地放弃了大家携手打下来的ROYAL ONE所有的荣誉，这不是什么缴械脱逃，这应该叫背叛才更贴切……

“大阪的高桥？还是那个东京的小林？

不对，不对，难道是上次让你见到的那个福冈华人贾老板？有资格敢来打我的人心思的，全日本不超过五个，你告诉我你要去谁家？我现在就打电话骂他！我倒要问问他们，到底答应了你新海広明什么，能让你连自己家都扔了？”

“您别打了，不是他们。您，也别问了……对不起。”

新海広明回了一句，又把头慢慢低下。从进办公室跪到佐藤旁边，这是新海広明第一次让佐藤觉得，新海広明的内心是有些许歉意的，虽然他一直在跪着从未起过身，虽然他嘴里也说了对不起，但那种歉意好像都是形式化的，只有现在的这句“对不起”，才是发自肺腑的。

看着眼前这个最熟悉的陌生人，种种往事在佐藤信夫脑子里飞速闪过……

“看来是早就去意已决了……”

佐藤从茶几上的箱子里，拿出另一瓶还没开封的LA TÂCHE，然后慢慢走到酒柜边，拿出酒刀和三个干干净净的酒杯。

佐藤把每个酒杯都倒了整整一半，一瓶酒正正好好均分到三个杯子里，当酒从瓶中倒入酒杯里的时候，仿佛整个房间都充满了鲜莓的芬芳。

“来，拿着，不管今天是谁把你从我这

挖走的，我佐藤信夫都从心里佩服他！”说着，一只大手直接把跪着的新海広明拉了起来，“我也不怪你，福冈的贾老板总说一句话，叫‘强扭的瓜不会甜’。你想走，自然有你的道理，但如果是我佐藤信夫哪些地方没做好，让你觉得受了委屈才萌生的去意，那我在这里向你道歉！”说罢，佐藤就把酒倒进了嘴里。

“老板……我……”

“不说了，都是真正的男人，话说完了，酒也喝完了，你可以走了！”

佐藤背过脸，呆呆地看着落地窗外的草坪，长长地叹了口气。新海広明望着佐藤信夫的背影，仰头把杯子里的酒一饮而尽，然后把杯子轻放回了茶几上。在深深地对着那个宽大背影鞠了一躬后，新海広明扭身出了办公室。

亨利已经完全傻掉，在他看来，今天的事情本应该是这样发生发展的：这瓶酒不管什么原因变质，一贯谨慎的新海広明今天碰巧在上酒前疏忽了，没有亲自品尝，导致最后的一道关也没有守住。而老板佐藤让新人福田大翔，把这箱里其他的酒都拿来，大家再开一瓶喝一下，就是看看是只有给山田会长喝的那瓶酒有问题，还是这一整箱都有问题。然后，不管结果怎样，老板都会冲新海広明假装发发火，就像平时对待容易脱线的自己那样。毕竟这个是极端偶然的事件，教育新海広明绝对不是目的，主要目的是给餐厅其他的员工提个醒，老虎也有打盹的时候，大家平时干活还是要一丝不苟。再然后，新海広明下跪低头道歉，顶多顶多像 5 分钟前那样，假装引咎辞个职，佐藤再反过来教育疏导一下可能产生心理问题的新海広明。最后，老板佐藤消了气，大家依旧和和气气。

这套剧本在亨利脑海里一直在反复播放，导致在新海広明真的离去的那一刻，亨利都没相信出现在自己眼前的一幕是真实发生的。

“老板，Hero他……您……”

“Hero”是亨利还没见到新海広明本人时，就给新海起的外号，因为之前佐藤在给亨利介绍这位马上就要来跟他做搭档的侍酒师时，亨利一直傻傻地以为新海広明的Hiroaki（広明）是分开读的，而且“Hiro”是写作“Hero”的。佐藤实在懒得因为这个事，再给他科普一遍日本文化的博大精深，也就一直没有拆穿他，后来这个梗就留下了。眼看因为一瓶酒就失去了新海，而老板以后可能再也找不到能替代新海的人，亨利握着这半杯酒，突然不知所措了，他不知道自己此时是应该追出去，还是应该继续陪着伤心的佐藤留在办公室里。

“亨利，餐厅没什么事了，你就回家吧，新海走了，咱们大家都需要时间来适应，以后工作上有时间多教教福田大翔——如果他愿意留下的话——这活儿ROYAL ONE里总得有人去干才行……出去吧，我想自己待一会儿……”

佐藤挥了挥手，在落地窗的反光中，他看着亨利退出了办公室，当门从外面关上的时候，佐藤仰起头闭上眼睛，用力地吸了口气。

“你师父呢？”亨利从老板办公室出来就直奔新海広明掌管的恒温酒窖，福田大翔正在那里认真地做当日的盘点，这是每天餐厅下班后的常规操作。

“师父说他先回家了，还非把这个给我，说是让我以后就用这个给客人们服务。可这不是老板当年送给师父的吗，我可不敢用……您要是去家里找师父，就麻烦您务必把这个还给师父吧！”福田从他身上穿的侍酒师围裙兜里掏出一把酒刀，这把酒刀的刀柄是用猛犸象的象牙做的，是当年佐藤带着全体ROYAL ONE员工列队在机场为回国的新海広明接机时，当着所有人的面送给新海広明的礼物，以此感谢他可以从法国回来助自己一臂之力。亨利也不知道这把天价的酒刀在搭档新海広明手里，六年多的时间到底开起了多少瓶顶级佳酿。此刻的他只知道，自己一个习惯于拿菜刀的主厨，现在却紧紧握着一把名贵的酒刀，这看起来的确有些滑稽。

4

“我就知道！我就知道早晚……老爸终于破产了，我们的新家也没了……”看着码头上堆放的六箱葡萄酒，我垂下了头。

“儿子，跟咱们的‘老伙计’说拜拜。”老爸摸了摸我的头。

“老爸，咱们以后睡哪里呢？大街上吗？你把这么好的新家卖了，现在应该很有钱了吧？不会让咱俩露宿街头吧？”我抬头看见老爸的眼睛如同海面反射的月光一般晶莹闪烁，而他注视的地方，却早已是漆黑一片。

“崽崽，咱们走吧，尼科叔叔还等着咱们呢，这几天咱们要暂时睡他那儿了。”说完，老爸从一个箱子里抠出了两瓶酒，最好的，他以前放在新家酒柜里的。

“还喝……是庆祝吗？家都没啦！你说过这个家你非常喜欢的啊！还有，我的那些玩具呢？你把它们也一起卖了吗？你现在怎么就记得你的酒……”

“哈哈哈哈，别生气，别生气，今天崽

崽也辛苦了，一会儿到尼科叔叔买下的酒馆里，老爸给你做好吃的。”

我们的新家，好吧，现在也变成曾经的了，是一艘已经70岁高龄的单体帆船，甲板是木质的，舵轮是木质的，连桅杆都是木质的，老爸管它叫“老伙计”。在我这段时间的记忆里，老爸和“老伙计”就是擦和被擦的关系，而现在看来，老爸以后再也不用像之前那样每天里里外外地擦拭他这个亲爱的“老伙计”了……

“剩下那些酒呢？”我一边跟着老爸往岸上走，一边回头看了看那几箱酒。

“今晚就先放在这里吧，我明早推小车

来取，没关系的。”

“可是……”

“别担心了，放在这里丢不了的。你只要答应我，一会儿别再欺负尼科叔叔的小狗了，好吗？人家多可爱啊，它叫什么来着？”

“它叫乔治！哈哈，好吧，好吧，我尽量控制，只要它别再胡乱地叫吵到我睡觉就行……”

尼科叔叔现在的家就在离码头大约300米远的地方，与其说是家，不如说就是一个小酒馆。每到入夜，那里总是坐满了人，有不远万里来这个小渔村玩的游客；也有就在不远的镇子里住，周末过来散心的本乡人；当然，还有来自世界各地跟爸爸肤色一模一样的水手叔叔们。对于到了夜里就精神的我来说，如果能住在这个尼科叔叔新装修完毕的酒馆里就真的太幸福了。可惜，跟尼科叔叔一起住在酒馆里的，是一条居然会晕船的狗，就是乔治。

自从那次我们一帮人一起开着“老伙计”出海钓鱼遇到了一个小风暴，乔治在船舱里缩成一团，边发抖边把胆汁都快吐出来以后，它现在走向码头都会开始害怕。

5

今天是工作日，酒馆外面没有周末那么多的酒客，显得有些冷清。乔治的耳朵真的很好，我们还没有登上那个会吱吱作响的木台阶，它就听出有人来了，在门里面不停地叫。

爸爸推开门：“我们来了！咦？今天都没有客人啊？”

“没有客人也挺好，咱们哥仨好久没有踏踏实实坐在一起喝酒了，新海今天也不走了。”

尼科叔叔从酒馆的里屋出来，坐在那个爸爸用自行车轮子改装的轮椅上。

“老板都发话了，我能走吗……不过咱们可说好了，今天第一条我还是只喝上帝赐给我的酒，不要浪费你们的葡萄酒；第二条，你俩一定不要逼着我喝……好吧，无所谓了，反正每次说了也是白说。你俩知道吗，其实每次跟你们喝酒我都很纠结的，既想跟你们两位喝，又特别怕跟你们喝，因为每次倒下的都是我，你们那种喝法根本就不能叫作‘喝’，哈哈！”

后厨水池边转过身说话的就是新海，爸爸让我管他叫叔叔，可我觉得以他的年纪我叫哥哥比较合适，可爸爸说他们仨属于忘年交，算平辈，叫哥哥绝对不行的。

“崽崽快过来吃饭！饿坏了吧？我跟你爸说了，下午让他先忙他的，把你送过来吃饭，可他就是不同意。”尼科叔叔太体贴了，看到我就知道我已经饿得没力气了。

“尼科叔叔好！新海叔叔好！今天的晚饭是烤金枪鱼吗？”我很听话地刻意绕过了小狗乔治，我知道它在盯着我，可我现在真的没力气理它，我只想先吃点儿东西。

尼科叔叔把我抱到他的腿上，我看了一眼摆在我面前的饭菜，又抬头看了一眼老爸，老爸冲我笑着点了点头，示意我可以吃了。

“我还说我到了给崽崽做呢，没想到来了就吃现成的了。”爸爸走过来，坐到了桌子边。

“今天有我在呢，谁都不用动手。来，咱们的饭来了，希望还是热的。”

新海叔叔从烤箱里把之前就煎好的牛排和几道日本风格的小菜端了出来。我看了看，果真都是生食，小甜虾、小章鱼什么的，都是我不爱吃的，或者说是我不能吃的——我从小就肠胃不好，只要吃一点

生的就闹肚子。

“来，大儿子自己吃啊，我跟你爸喝点儿。”尼科叔叔把我从腿上抱下来，让我自己坐在桌上吃，他坐着轮椅转身回里屋拿了一瓶酒出来。

“我带着呢，别拿新的了啊！”爸爸看见尼科叔叔手里的酒连忙说道。

“严格意义来讲，你那个才叫新的！哈哈哈，今晚咱们喝这个！”

尼科叔叔把刚拿出来的酒立在了桌子上。

“这又是什么？”老爸拿起酒瓶仔细端详着。

“还是给我吧，再看你也看不懂，哈哈哈！”新海叔叔从背后抢走了那瓶酒，看了看。

“我的天，尼科大哥，你居然有这瓶酒啊？”

“怎么，不觉得在这样一个夜晚，咱们就应该把它打开吗？就用这把酒刀，让我亲自打开它。”

尼科叔叔接过那瓶酒，从兜里掏出一把我印象中从来没有看到过的酒刀，三两下就熟练地把酒塞拔了出来。乔治不光耳朵灵，它的鼻子可能更灵，当大家都还没反应过来时，它就开始兴奋地叫了起来。

“看来乔治已经知道这瓶酒的好坏了，对不对，乔治？”尼科叔叔对着酒瓶口深深吸了一口气，然后恋恋不舍地呼了出去，“换杯子，新海，必须换杯子，这瓶酒不能就这么草率地倒在普通的杯子里，你说对不对？”

“哈哈，完了，看来今晚尼科又要酒神附体了……”

新海叔叔走到吧台里，从柜子里取出三只酒杯。

这几只酒杯我倒是有印象，因为杯子上的那些碎水晶在灯光下总会闪闪发光。

“快，先闻闻看啊！”

尼科叔叔往每个人面前的酒杯里都倒了一点。

老爸和新海叔叔都没有第一时间拿起酒杯。满脸疑惑的老爸，先是看了看对面的尼科叔叔，又扭头看了看旁边的新海叔叔："算了，我也不问年纪大的了，问了他，他肯定也得挤兑我……新海，还是你直接告诉我吧，这酒到底有什么玄机？"

两个叔叔对视一眼，然后异口同声地说道："别问，先喝！"

"唉，又来……"

老爸这才无奈地举起酒杯，模仿刚才尼科叔叔的动作，深吸了一口酒的香气。

“咋样？”尼科叔叔着急地问。

“这个不赖啊，有点意思！”老爸的眼睛也睁大了。

“仅仅是不赖吗？”新海叔叔坏坏地看着老爸。

“我喝一口。”老爸微微抿了一小口，“这个可以，真的可以。”

“您看看，在他嘴里再好的酒，评价也仅仅是‘还不赖’‘还可以’，哈哈哈！”

新海叔叔看着老爸已然陶醉的脸，调侃了起来，然后他起身从吧台后面，又拎出了一瓶当地最负盛名的酒。

它虽然也叫白酒，但就算闭上眼只闻

味道，也会知道跟中国游客喜欢的白酒并不是一个东西，两者之间的区别实在是太大了。

“能喝出可以，就已经可以啦，毕竟他才刚刚开始喝嘛……这个酒还得醒一醒，咱们先吃饭，别着急。”

尼科叔叔反倒是很欣慰地看着呆呆的老爸。

温馨的月光洒下，眼前这熟悉的画面，我知道这些大人们马上就要开始他们的常规节目了，这个节目的名字就叫作“回到过去”。

他们仨的过去，我真的都快背下来了，

如果有人想听，我可以一五一十地讲出来。

吃饱了有些无聊的我，看了看桌子底下老老实实坐着的乔治，突然灵光一闪：乔治会不会也爱吃烤金枪鱼？要不我把剩下的这点儿喂给它，这样好增进一下我们的友谊，省得老爸总觉得我在欺负它。它应该是喜欢吃金枪鱼的，毕竟乔治是一条纯种的日本柴犬。

看着三个男人大快朵颐，推杯换盏，显然已经顾不上我了，我默默地离开了桌子，来到壁炉边的垫子上坐下。我以为乔治会跟我一起过来，但我低估了它的馋。它居然在跟尼科叔叔要牛排，可它明明已经吃过晚饭了，而且我刚刚才把吃剩下的烤金枪鱼，也都喂给它了。

尼科叔叔还是切了一小角牛排，把上面的盐和胡椒都扒拉下来，放在手里递给了乔治。乔治叼着这块牛排来到壁炉边，趴在了我面前。

真奇怪！这种我怎么也嚼不烂的东西，它是怎么三两下就咽下去的。

壁炉里的火很旺，让这间才刚刚开张三年多的小酒馆充满了温暖。

当你刚吃完饭，几乎所有的血液都在胃里消化食物，而又恰恰身处在这么暖和的环境中时，是一定想睡觉的，所有生物恐怕都是这样。

乔治不一会儿就坚持不住了，起初听到大人们的聊天里提到自己的名字，它还会动一动耳朵睁开眼看看，再后来就完全没反应了，甚至还听到它开始打鼾。

看着它睡得那么香，我仿佛也受到了感染。可没有枕头怎么办？我往乔治的方向挪了挪，它背上的毛可真硬，有点儿扎脸……

我没有彻底睡着，听着三个大人微醺后的商业互吹，我的脑子居然跟他们一起慢慢回到了那一天——他们相识的那一天，也许也是改变他们各自人生轨迹的那一天……

6

那是三年前冬日里的一天，我才3岁多一点，我和爸爸当时的家，还是那条不到8米已经全身生锈的破渔船，发动机刚刚打着火时，都会向外喷黑烟，想想当时的我们真是可怜。老爸当时是靠打渔来贴补家用的，就是岸上的餐馆和客栈跟爸爸下订单，然后老爸按照他们的要求去捕鱼。

在天气状况良好的日子里，这种生活惬意而又简单，但天气不如人意的时候，出海可能就是在用命换钱。

“那一天”的天气还远远没有到老爸开船技术的极限，可是“那一天”却是那条破渔船寿命的极限。

我记得我们是趁着退潮的时机，大概马力全开地跑了2小时，才到了那片礁石旁的捕鱼点。在吃到烤金枪鱼之前，我觉得老爸在那个捕鱼点捕到的一种叫作鳀鱼的大鱼，是我最喜欢吃的。起航时我看老爸是冲着这片礁石的方向来，我就知道今天我又有口福了。

起初都如往常一样，抵达后就开始下锚，船锚拖着一节节粗大的锚链，缓缓坠入海底，让船体牢牢地围绕在捕鱼点上方。随后关闭发动机，不让发动机和螺旋桨的噪音吓跑前来聚集的鱼群。最后撒网，静静地等着大鱼们“上当”……

我在窄窄的船舱里，透过早已被岁月刮花的舷窗，欣赏着老爸在外面熟练的操作。虽然风浪一直让船身起伏不定，但老爸在甲板上依旧如履平地一般。

即便这个场景你已经看过了无数遍，但当一个男人认真工作的时候，你还是会觉得他全身都在发光。

大约 10 分钟之后，本来就阴沉的天空开始下起雨来，风浪也越来越大了。爸爸走进船舱，在救生衣外面又套上了雨衣。我问他我最爱的鳀鱼抓到了吗，他笑了笑："哪有那么快，崽崽再耐心等一下啊！已经下雨了，看样子一会儿会越下越大的，你就在舱里待着，千万不要出来。"

说完，他又一次检查了窗户，确认门也从外面关严后，就继续忙了。

每次捕鱼，他都会嘱咐我乖乖待在舱里，不允许我再上甲板观看。关窗关门这件事，大概就是从不久之前开始的。

那天阳光明媚，海面跟湖面一般平静，

他在离这不远的另外一片礁石旁捕鱼。等收网了，他捧着一条大鳀鱼回到船舱，才发现我消失了。他歇斯底里地把这条不到8米的破船都翻了个遍，也没找到我在哪，而我那时正全身湿透，傻傻地站在那片湿漉漉的礁石上，看着他渐渐陷入疯狂。

后面的事，你们应该猜到了，我被老爸边骂街边薅着脖子拎回了船上，解救我时，他的脚还被锋利的礁石给划破了。

不瞒你说，当我的脚离开礁石的那一刻，我心里已经在计算着是刚才被直接淹死痛苦少一点，还是回到船上后被老爸打死痛苦少一点了。而回到了船上，他在看到我假装无辜的眼神后，居然只是不停叹气，连骂都不舍得骂了。

后来在拿淡水给我冲澡的时候，老爸指着我的鼻子跟我说了一句：“以后不许再这样了！”

再后来呢，我最爱的大鳀鱼就被煮好放在碗里了，而老爸则从一堆工具里，翻出那个许久不用的急救箱，开始处理他脚上的伤口……

果真如老爸所料，雨越下越大，浪也越来越高。那天是比我们平时来这里捕鱼多花了些时间，我在舱里也有些着急了，一直守在窗户边注视着老爸的一举一动。

老爸启动发动机，开始了收网工作，同时他又把锚链往外放了一段，因为开始涨潮了，刚才的锚链长度已经不足以固定我们的船体。正当我们都觉得马上可以凯旋的时候，噩梦正式拉开了帷幕……

7

捕鱼网出水的瞬间，我甚至都透过眼前模糊的玻璃和外面的倾盆大雨，看到大鳀鱼们正在挣扎，但随着一声金属断裂的声音，满满一网鱼又重新回到大海里。我们的捕鱼器吊臂居然折断了，断裂的那端先是重重地砸在后甲板的边缘上，然后弹了一下便沉入海底。

万幸，老爸没有站在底下，算是躲过一劫，但接踵而来的第二劫就是这一砸不仅砸穿了后甲板，让船体开始漏水，而且还砸坏了油路管道，让前一秒还正常工作的发动机瞬间就熄火了。

现在好了，暴雨中我们被困在这条已经无法动弹还开始漏水的船上，距离岸边大约有 40 公里远……

老爸出奇地冷静，没有像找不到我那天那么紧张。他先是径直返回船舱里，按下了无线电发射机面板上的那个红色键，然后在应急频率里开始发话，根据海图上的显示，报告我们的位置和我们现在的处境。

从他的话里我大概猜到了，这次不管我想不想再弄湿自己，都不是我能决定的了。

老爸用最快的速度，给我量身制作了一个救生衣，其实就是把舱底那件都沾上机油的成人救生衣，用绳索两头系紧，把我死死地封在里面。

这时的我，任凭老爸怎么摆弄都没有反抗，因为我知道现在如果还淘气不听他的，那大鳀鱼们马上就能来找我报仇雪恨了。

只见老爸又玩命地拽下驾驶座上的坐

垫，把包着我的救生衣，牢牢地捆在了坐垫上面。我从救生衣的缝隙里，看到我们的船已经开始倾斜。老爸这时也一把撕掉了碍事的雨衣，仔细检查自己身上的那件救生衣是否系好。2 分钟后，我们就泡在了冰冷的海水里。

严格意义上讲，是老爸泡在了海水里，因为坐垫的浮力，我的整个身体始终保持在动荡的海面之上，而外面被严严实实的救生衣包裹，让我只受到了些许雨水和海浪的侵袭。

老爸在抱着我落水之前，把船上那条最长的绳子的一端，绑在了船头的一节锚链上面，另一端则绑在了自己腰上，我们绝不能漂离这片礁石。因为老爸用无线电台发送的求救位置就在这里，一旦漂离此地，别人就算可以赶到这片礁石，也不可能会知道我们究竟漂到了哪里。

时间一分一秒地过去，老爸的脸色越来越不对劲了，刚开始还一直让我不要害怕，可转眼就不再说话了。他要失温了。

在那天之前，其实我不知道失温是什么，这些知识都是尼科叔叔后来告诉我的。

在刺骨的风雨里，不知道挣扎了多久，一个救生圈“啪”的一声落在了我和爸爸的面前。

救生圈撞击水面的声音，让我猛然恢复了意识，而老爸已经完全昏迷了，他的几根手指插进裹着我的救生衣里，都是冰凉的。

救生圈被系在上面的绳索拽走了，我顺着救生圈拉走的方向，看到了诺亚方舟和站在方舟上的上帝。

原来老爸以前给我讲的故事都是真的。上帝从海里拎起了救生圈，又用力朝我们的方向抛来，这次不偏不倚正好砸在了老爸的身上。

我用力地喊他，甚至开始使劲抓他冰凉的手指，可老爸没有一点反应。

上帝再一次把救生圈抽走了，这次他

直接把救生圈套在自己身上，然后纵身一跃，也跳进了冰冷的大海中。

过了好一会儿，上帝终于游到了我和爸爸身边，我这才看清他的样子……

上帝把救生圈从自己身上摘下来，给爸爸套上，再单手伸进水里，从爸爸腰间把死死系在锚链上的绳结解开，然后他奋力拖着我们，朝着诺亚方舟划水。

船尾的舷梯，已经放到水中，上帝从依旧毫无知觉的老爸手里接过我，奋力地踩了一下水，把我先放到了半米高的甲板上，然后手里拉着救生圈的绳子从舷梯爬了上去，等我们都上到了后甲板上，我发现这个甲板居然有一点向右倾斜，虽然角度并不是很大，但也足以被发现。

现在留给上帝的问题就是怎么把失去知觉的老爸从海里拽到甲板上来了。

上帝跟凡夫俗子的区别，就是在这种危急时刻，他居然不用停下来思考一番。只见他把手里救生圈的绳索往一个柱状物上绕了几圈，然后用一个“L”形把手，在那个柱状物上开始旋转。随着一连串细密的“咔嗒”声，老爸居然慢慢地离开了水面。在老爸的身体离甲板就差一点儿的时候，上帝俯下身双手用力拉住老爸肩部的救生衣，一把就把他拉了上来。只喘息了一口气，上帝就直接把冻僵的老爸拖进了船舱中，放置在地板上，而我也被连坐垫一起，抱了进去，放置在沙发上。

他把老爸的衣服全脱了，一件不剩。我不确定这样做老爸会不会觉得好一点，但我现在只能把所有的希望都放在这个上帝身上了。

当上帝拿出自己柜子里干燥的衣物给老爸擦干身体的时候，我也开始观察起这条诺亚方舟内部的样子。

我用眼睛大概估量了一下，整条诺亚方舟有我家那个已经沉入海底的破渔船两倍长，船头的舱显然是上帝的卧室，一个看起来软软的大枕头，就放在铺着白色床单的床上，一个团起来的深蓝色薄被被堆放在边上。厨房放在明面儿上的锅碗瓢盆都显得很高档，跟老爸带我去餐馆吃饭时用的餐具材质基本一样。船舱里有厕所并不新奇，可上帝这个方舟里居然还有淋浴房，淋浴的喷头现在就挂在墙上，随着船身一起左摆右晃。

船尾的两个房间都关着门，而我现在所在的米色沙发上，还能隐约闻到一些洗衣液的清香。

“唉……”上帝起身又回到卧室里的衣柜旁，从里面拉出好几件厚厚的衣服，那些衣服的厚度，是我自打出生就没见过有人穿的。我实在是不知道在这个世界上会有什么寒冷的地方，需要穿上这些带动物皮毛的服装。

上帝把最长的那件铺在了地上，然后把老爸濒死的身体，移动到这个临时的地毯上，接着又把剩下的三件衣服，紧紧裹在了老爸全裸的身体上。干完这些，上帝起身走到了我旁边，这时我才发现，我屁股后面有一个嵌在船体壁板里的无线电台。

上帝也跟老爸弃船前做的一样，先打开电台上那个透明的塑料护盖，然后按下了护盖里面的红色按钮，再后来，他对着手麦用一种我完全听不懂的语言开始说话，而无线电里很快就出现了另一个人的声音。

听着雨点不间断地落在诺亚方舟上的声音，听着海浪持续拍打礁石和船体的声音，听着无线电两头的人和神用我一个单词都听不懂是什么意思的语言交流，我不知不觉又慢慢闭上了眼睛。

我什么都没有再想，甚至都没有祈祷奇迹会发生，我只求等我睡醒了，眼前的一切就只是一场可怕的噩梦，而老爸还能如往常一样，我睁开双眼他就微笑着坐在我身旁，用粗糙的大手摸摸我的背，或者用他有些皱纹的脑门，贴贴我的头……

8

“轰轰轰……”巨大的发动机的声音，盖过了一切声响，也让已经沉睡了不知多久的我，回到了现实中。果然，我还被封印在这件破救生衣中，而身下依旧是那个淌水的坐垫。可跟我刚才昏睡过去前的景象不同的是，地板上被裹得严严实实的老爸不见了，上帝也不见了。

我马上用眼睛扫遍整个船舱，也没有发现他们，只看到了舱里所有的水现在都积蓄在我这边的沙发下。

我开始大声喊叫，我不想这么早就当孤儿，即便是上帝收养，也不能跟老爸的陪伴相提并论，我摇了摇头不敢再往下想。

船舱外发动机的声音突然更大了，诺亚方舟随即出现了震动，而船底也发出了石头划过的声响，断断续续的，仔细听里面还夹杂着木头断裂的“咔嚓”声。

发动机的轰鸣声持续了几十秒，突然诺亚方舟向左晃了一下，沙发下面的积水开始来回晃荡。发动机的声音这时也变小了些，但外面突如其来的几个男人的欢呼声，和他们用力拍打舱盖的声音，吓得我赶紧缩成了一团。紧接着又是好几句我听不懂的对话。

我努力镇定了一下自己，尝试用耳朵去了解外面到底在发生什么，我听出了那些对话里一个是上帝的声音，他刚才用我背后的无线电讲话时就是那样的。另一个我好像隐约也在无线电里听到了，因为那个人说话很有特点，总是非常用力，还总是一顿一顿的。除了他俩，还有一个人在外面，这个人虽然说得很少，但是我觉得他就在那，因为这声调我再熟悉不过了，

希望我的猜测是正确的。

“崽崽！”这次我终于百分之百确定了，舱门投射进来的光被一个高大的身影挡住。我抬头看见老爸穿着那件上帝给的皮毛衣服赫然站在我面前，这件衣服里面的躯体仍旧是青蓝色的，我继续向上仰头，终于看到了老爸的脸，但因为逆光只能看到一个轮廓。这时他从沙发上抱起了我，头发上挂着的一滴水也掉落在了包裹我的救生衣上……

9

“这是尼科叔叔，这位是新海广明叔叔，崽崽快谢谢他们，没有他们今天咱们就回不来了……”

上岸后，我被老爸从迷迷糊糊中摇醒，正当我从老爸怀里探出头打量着后面码头泊位里那艘硕大无比的诺亚方舟和停在它旁边的小捕渔船时，老爸把我的脸从后面转到了前面。

“上帝！谢谢上帝！”

这个大胡子我当然认识，他就是刚才跳下海救我们上船的上帝。

“哎，这个人的脸怎么是黄的，他是不是生病了？”我有点害怕地抬头看了一眼老爸。

那个黄脸的人这时开始说话，还伸了一根手指过来碰了碰我的头，当然，他在说什么，我还是听不懂，只是他说话的方式真的有些搞笑。

看他笑了，我也笑了。

好吧，老爸让谢就谢吧，虽然我还不

知道这个黄脸小哥到底干了啥……

一个月后，天才的我终于可以勉强听懂他们的语言，我也相信了那个大胡子不是专门救人于危难的上帝，我也明白了那个黄脸小哥不是因为得了什么重病脸才那么黄的，我也彻彻底底弄清楚了我们被大胡子尼科叔叔救上诺亚方舟后接下来发生了什么。

老爸在破渔船沉底之前，用无线电对外发送了我们出事的位置，而刚巧从附近海域经过，正在进行环球航行的法国人尼科叔叔，收到了那条求救信息，就第一时间驾驶着他的“诺亚方舟”赶来了。可

“诺亚方舟”是条51尺的大帆船，它不光有一根高高的木质桅杆，而且船底下的铸铁龙骨吃水也足有2米多深，在马上就要靠近我们的时候，“诺亚方舟”尴尬地搁浅在了那片礁石上不能动弹。而尼科叔叔发现老爸已经失温陷入了重度昏迷，所以他毅然决然地跳入海里，把我们拖回到了船上。

回到船上的事我还记得，尼科叔叔把老爸扒得精光，然后想方设法帮助他恢复体温。

过了很久老爸才开始有了意识，等他们想让“诺亚方舟”从礁石上脱困的时候，

才惊喜地发现，“诺亚方舟”的螺旋桨已经被一条带着钢索的渔网紧紧地缠上了。

没错，那条钢索连着的渔网，就是属于现在已经静静地躺在海底、也许已经被各种海洋小动物当成游乐场的我家那条破船的。

这么看来，大鳀鱼们那天真是铁了心要置我们于死地了，连前来搭救我们的人也没有想要放过。好在这时黄脸哥哥新海广明也开着他的捕鱼船来了。

他是隔壁渔村里开鱼生料理店的，他的老家在遥远东方一个叫日本的国度，听爸爸说，那里的人最擅长生吃各种海洋生物了。

我又忘了，老爸让我管他叫叔叔的，可这位日本小叔叔的名字也太长了，还是尼科叔叔机智，当天晚上喝酒时就给他起了个好记又霸气的新名字，从此大家都管他叫“Hero”……

10

壁炉里的柴好像快要燃尽，已经没有了燃烧时的“噼啪”声。新海叔叔的大脚从我半闭半睁的眼前走过，把我从回忆中又带回到了现实。即便是新铺的地板，走在上面也会发出“嘎吱嘎吱”的声音，好在这种原木地板的味道很好闻，就好像身处在广袤的森林里。新海叔叔把劈好堆放在墙角的木头放了几根到壁炉里。

“我认为这个主意实在是太伟大了！”新海叔叔好像很兴奋的样子，往壁炉里扔完柴火，就马上又从我眼前走回了餐桌，“一切都是现成的，我想我们明天就可以开始实施尼科大哥这个想法了！”

“我当然也觉得这个想法不错，但是酒的问题怎么办呢？能有勇气写出自己故事的人一定只是少数，如果大部分的顾客开始只能喝一种酒了，那这种酒的消耗量就会变得很大……好吧，这个其实也并不用特别担心，咱们身后的梯田上有成片的葡萄园，周围的酒厂肯定能够保证这种单一酒的供应。让我真正担心的是，如果真的在招牌上明确写下，咱们每天只有单一的酒品提供，必须有足够的胆量写出属于自己故事的人，才有可能得到一瓶咱们为他专门挑选的酒，那每天愿意推开这间酒馆大门的顾客还能剩下多少人……”老爸微微皱着眉头，看着他面前的两位朋友。

“这倒确实是个未知数，这种方式在未来一定是双刃剑。等待咱们的只有两种可能：大部分的顾客很喜欢，或者大部分的顾客不怎么喜欢……”

刚才还很兴奋的新海叔叔，听完爸爸的话也开始若有所思起来，他面前的那瓶淡黄色的酒好像已经快喝完了。

“来，让我们先干个杯！”轮椅上的尼科叔叔左手举着那个闪闪发光的高脚杯，右手按着扶手往前探了探身子，三个人的酒杯碰到了一起。

“我倒觉得完全不必考虑这些还没有发生的事，就好像几年前咱们一定都不会料到这辈子会有一天在这个小渔村的一间小酒馆里，跟对面的两个陌生人把酒言欢一样。你，也许没有命运当初狠狠给你的那一拳，现在可能依旧会在外面那片一望无际的大海上，开着你的万吨巨轮满世界遨游吧？可那是遨游吗？那时你脚下上百米

换舷酒馆

的万吨巨轮，对你来讲也只是一个无法逃脱的监狱，我说得没错吧？而你，天才少年，前途无量，没有命运跟你开那么大一个玩笑，你现在会在哪里呢？让我想想，我猜你最终一定会来当我的邻居的！一定会的！可你会选择波尔多还是勃艮第安家呢？让我再想想……你这个孩子，我到今天也没太搞明白你偏爱哪种风格，我只能负责任地告诉你，如果要过自己的下半生，就不要去勃艮第，那里冬天太冷了，而且你再也没有机会看到广袤壮阔的大海啦！至于我自己，好吧，如果我当初没有整天活在自己的世界里，穷极一生去追逐愚蠢至极的金钱、地位还有权力，能够哪怕多留意一点点周围爱我的人，她们最后也许就不会选择离我远去，只剩下我自己……现在都不重要了，不重要了，这恐怕就是命运教给我们所有人的东西吧，让我们每一秒都要活在当下，而不是为了自己以为设计好的那个虚妄的未来……”

尼科叔叔说完，放下酒杯，然后操纵着轮椅，想去内屋的方向。

“尼科，你想干什么？告诉我们就行！”老爸和新海叔叔都站起来。

“坐下！你们都坐下！趁着我还能动，你们就让我再享受享受这自由移动的感觉吧，我也得活在当下，不是吗？”屋里传来打开酒柜的声音，“哈哈，下一瓶我们把它开了，现在也只有它能放在刚才那一瓶的后面喝了吧？来吧，朋友们，让我们继续，今天真的太高兴了！”

“这又是啥？”老爸歪着头，看着尼科叔叔放在腿上的酒瓶。

“宝贝，都是我的宝贝！”尼科叔叔两眼充满了光，两手快速地向前转着轮子回到餐桌旁，“来看看我的宝贝，我的！”

“这酒，这酒怎么没有酒标？”

老爸看清了尼科叔叔正在开的酒瓶的样子。

“哈哈哈，对，我猜新海也不知道了，没有酒标就没有人知道它是什么。但我要告诉你们，它是我的宝贝，我最重要的宝贝，比剩下的那些都重要，因为它才是属于我的。”

尼科叔叔熟练地打开酒塞，三个人已经空空如也的杯子里，又多了一种比之前那款颜色更深的酒液。

新海叔叔有些痛苦地把脸上的五官挤在了一起，然后苦笑着舒展开，他注视着老爸端起酒杯，放在鼻子底下闻了闻。

“咋样？什么味道的？”新海叔叔十分关切地赶紧问老爸。

扭头看着一脸好奇盯着自己的新海叔叔，老爸刚想说什么，但马上就忍住了，转而奸邪地问他："新海，你真的想知道吗？那你先告诉我，刚才我喝的那瓶到底是什么？"

"哈哈哈哈……"尼科叔叔笑疯了，他没想到木讷的老爸，能有这么一手。

新海叔叔也惊呆了，愣了一秒才反应过来，他也开始趴在桌子上狂笑，而这充满整间酒馆的爽朗笑声，彻底把半梦半醒的我和打呼噜的乔治，都吵醒了。

11

“医生，我的情况还有治愈的可能吗？我的意思是世界上其他地方还会不会有医生……”

新海広明面如死灰地坐在全东京最好医院的诊室中。

“我的孩子，关于你这种病毒感染的研究结果，世界上的医学家们手中的信息早就已经是共享的了。”医生把自己的电脑屏幕转向新海広明，“这是这几天我和同事们的来往邮件，你这种情况，在康复人群中有不少。起码到今天为止，我们的共识还是这种现象是不可逆的。我是说，根据针对最早期的这批康复者的调查，还没有任何迹象表明，在未来这种后遗症会有完全康复的可能性。我坦白点儿说，甚至连好转的趋势也没有被发现。我知道这很难让人接受，但比起那些已经逝去的病患来说，还能活着就已经要感谢上帝了，太多人即便想像你一样活下去，也没有机会了……”

新海広明从医院一路飘回他在东京下

榻的酒店。走进房间里的他，再也支撑不住，直接倒在地上开始号啕大哭。突然他直愣愣地从地上爬起来，蹒跚地走到房间里放茶杯和水壶的地方，一包包撕开托盘里的茶叶、糖，甚至是速溶咖啡，直接塞进了嘴里咀嚼，然后又是撕心裂肺的哭泣声……

作为一个以酒为生的侍酒师来说，丧失嗅觉和味觉的后遗症，让他兜里那张死里逃生的康复证明，变得极度荒唐和讽刺。那一天，31岁的新海广明，被判了死刑……

12

尼科开着他那辆在波尔多为数不多的劳斯莱斯限量版，来到了码头，码头里一排排的帆船桅杆，在天空里轻轻摇曳，缆绳敲打桅杆的声音，清脆悦耳。码头负责的一行人，一早就在泊位入口那里等候。

尼科下车后把车辆的钥匙递给了一路陪着自己过来的律师，这名律师朋友已经跟尼科相识30多年了，他亲眼见证了这个天不怕地不怕的法国乡下小子是如何在这个遍地是液体黄金的波尔多最终占得了一席之地，也见证了眼前这个男人的络腮胡子从黑色逐渐变成了花白。

“这个送给你，我的朋友，谢谢你这么多年对我的不离不弃，也谢谢你这么长时间能够忍受我的坏脾气，以后可能就没有人像我这样折磨你啦，哈哈！”

尼科绕过车头，把车辆的钥匙塞进刚刚从车里出来的律师手中，然后猛地搂住了他。

“不不，这个我先替您保管着，等您环

球回来的时候，我还来这里接您。”

小个子律师从兜里掏出右手，紧紧地抱住尼科，而他左手还是习惯性地拎着他那个棕色的公文包。公文包里此时只有一份文件，是尼科刚刚在他的葡萄庄园里签署的。

“哈哈哈哈，老朋友，这么多年你从来不骗我的，可今天你破例了，你我恐怕都知道，这件事应该不会发生了，你自己要保重！一定保重！”

尼科双手抓住律师的肩膀，用力地冲

他点了点头，然后放开了他，头也不回地朝着泊位入口大步走去。

最远的泊位里面，那条全木质的大帆船，在冬日暖阳的映照下格外显眼。

13

破渔船的窗台上，摆着一个小猫的毛绒公仔，浑身上下都糊满了脏脏的泥巴，已然看不清它原本的颜色。公仔的旁边是一只全身湿透，但对周围一切充满了好奇的小不点儿，大概是刚刚出生不久的缘故，它在窗台上来回溜达时也摇摇晃晃，它是一只真正的小猫崽，身上黑黄的斑点很有

特点，明显跟普通的流浪猫不一样。小猫崽两只前爪抱住了挡在它前进道路上的相框，相框里的照片是一个五六岁的小男孩，正开心地大笑着坐在一片绿油油的草地上。仔细看他手里握着的玩具就能发现，那正是小猫崽背后那只脏得已经快无法辨认的毛绒公仔。

相框正对着一个人影，他低垂着头，双肘支在双腿上，两只手也握在一起微微颤抖。肮脏窄小的船舱里，除了小猫崽发出的动静，再就是舱外瓢泼大雨倾泻在金属船壳上密密麻麻的击打声了。

14

“老爸，你又偷拍我？哈哈哈，给我看看把我拍成什么样了？”小约翰从草地上站起来，冲向正拿着手机偷拍自己的老爸卡尔。

“哈哈，约翰，等爸爸下次回来时，你应该又会长高很多。老爸这次刚回来时，你的小猫还跟你的胸口一样高，可这两个月过去，它好像只能到你的腰了。”

卡尔把跑过来的小约翰抱了起来。

“老爸，给我看看照片，让我看看猫猫现在到我的哪了？给我看看！”

小约翰一手紧紧抓着小猫公仔，一手就要抓爸爸手里的手机。

“铃铃……”正在这时，手机突然响了，屏幕上显示是妈妈打来的。

“喂，妈妈，你什么时候下班啊？”小约翰熟练地接起了电话。

“我现在就下班回家，你们还在公园里吗？”电话那边的妈妈，窝在自己一平米见方的工位上，捂着电话小声说话，在她旁边都是还在忙碌的同事们。

“我们还在公园里，等老爸再带我去看一眼奥古斯塔爷爷的小猫们，我们就回家啦！”

奥古斯塔爷爷是公园里一道特别的风景，他本人没有任何的稀奇，只是瘦瘦高高的个子总套着跟他本人体型不太相符的外套。现在是盛夏，刺眼的阳光照在他秃秃的头上，十分晃眼，而对这个头发马上就要全部掉光的脑袋，即便在冬天，他也不会戴帽子保护一下。奥古斯塔的与众不同在于，一年四季他只要在公园里出现，那他的脚底下永远有一箱刚刚断奶的小幼猫，这些小淘气被放置在一个纸箱子里，

它们醒着的时间都在打闹，甚至会用嘴去咬对方，而到了睡觉的时间就又会互相用舌头给对方洗漱，然后依偎在一起。

“爸爸，你看看它，它怎么在咬别人的耳朵啊，哈哈！”小约翰蹲下来，指了指箱子里一只纯白的小猫，回头冲卡尔喊道。

“嗨，奥古斯塔，你今天好吗？”卡尔伸出手跟奥古斯塔握了一下。

“嗨，卡尔，我的好朋友，又见到你了，太好了！真希望像最近一样，每周都能见到你啊！”

奥古斯塔显然已经眼睛不太好了，又是直到卡尔走到近前伸出手跟自己寒暄，他才认出卡尔来。

“恐怕很快你就又见不到我了，我明天就要去工作了，这次估计要更久一点，大概半年吧。”

卡尔一直都在微笑，奥古斯塔应该是他每次工作回来除了妻子和孩子对话最多的人了。

“唉，那太遗憾了，还以为这次你会多待一段时间呢。约翰，你一定会很想爸爸吧？你要时常打电话给他啊！”

奥古斯塔看着自己脚尖前面箱子里的一窝小猫，又看看还在那聚精会神观察小猫的小约翰。小约翰没有回答，但他显然听到了奥古斯塔爷爷说的话，因为他的小手默默抓住了老爸卡尔的裤腿。

一阵攀谈过后，卡尔看了看表，就跟奥古斯塔道了别，然后他蹲下来抱起小约翰，他让小约翰跟奥古斯塔爷爷说再见。但显然小约翰还没有看够可爱的小猫崽们，他把头搭在爸爸的肩膀上，恋恋不舍地跟小猫们说了再见，然后跟奥古斯塔爷爷也挥了挥小手。

“老爸，我什么时候能有真正的小猫啊？妈妈上班，你又不在的时候，都没有人可以陪我……”小约翰把头侧偎在卡尔的肩膀上。

“很快了，儿子，相信我，很快了……”卡尔也把头侧了一下，用脑门蹭了蹭小约翰的头顶。

“好吧……这次老爸要走半年吗？半年是几个月啊？”

“6 个月吧，顺利的话……约翰要替我保护好妈妈，知道吗？”

“我会保护好妈妈的，爸爸放心吧。记得如果我想你了，给你打电话，你一定要接哦……”

15

“我回来了！”卡尔的妻子玛丽打开了家门，这段时间等待她回来的，又多了一个人。

“啊……哈哈哈哈！”听到门钥匙转动的声音，马上去门口埋伏的父子俩，大叫一声，企图吓唬一下回来的妈妈。

“儿子的淘气一定是遗传你的基因吧？

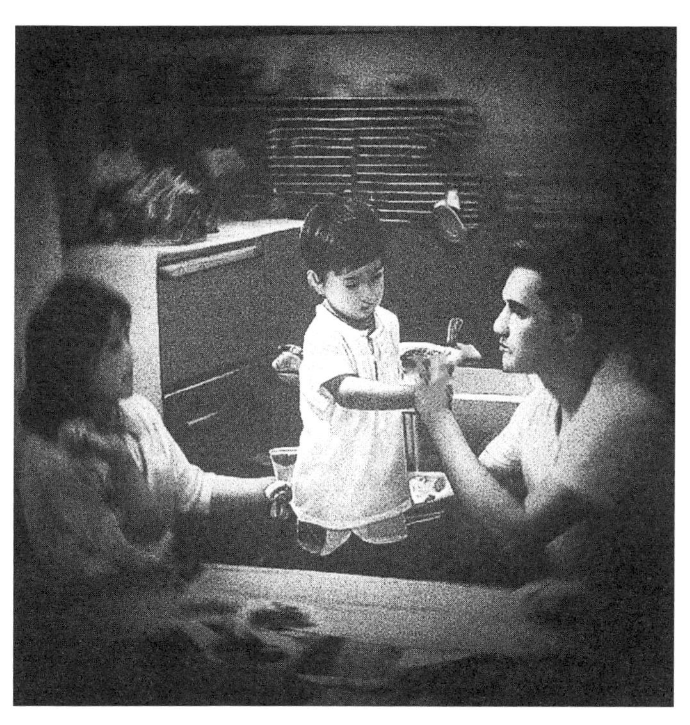

隔三岔五就在门口吓唬我，妈妈是那么容易被吓到的吗，哈哈！”玛丽捏了捏儿子的脸，然后一拳就打在了卡尔的胸口上，“饭做好了吗，今天准备让我吃什么啊？今天事情太多了，为了能早点回来，中午加班都没有来得及吃饭呢。”

“女王快来看看！”卡尔把刚从厕所洗完手的妻子推到了餐桌前，“来，见识一下我今天的作品吧！”

“这是亚洲菜吗，这都是什么？怎么都看不出来呢？”玛丽坐下拿起叉子从盘子里挑起一块东西。

“尝一下！哈哈！”卡尔自信满满地对妻子说。

等那块不知是什么的东西放进嘴里后，玛丽满意地笑了。

16

“下次回来，咱们就攒够钱可以搬家了，辛苦了。”卡尔在床上搂着玛丽说道。

“约翰还不知道上学是什么意思呢，也不知道他会不会喜欢上学，儿子这两年才是最可怜的，以前我不上班还能在家陪他，可我现在上班就只有他一个人在家了……要不，要不等搬家了，咱们给他买只猫吧，

10
9

到时房子也大了，可以放得下了，你说呢？”玛丽在卡尔怀里仰头问。

“嗯，我也是这么想的，到时咱们就给儿子个惊喜吧！小约翰真的是咱家的小男子汉，今天我说我不在的时候，让他保护你，他信心十足地答应了，太有意思了。”

17

卡尔在第二天一早就被公司派车接走了。出港的所有准备工作都完成后，站在货轮控制室里的他，转过头最后看了一眼家的方向，便按下了启航的汽笛。

6 个月零 23 天，赤道以北的台风使他们的行程延误了整整 20 天，在这近 7 个月的时间里，卡尔和小约翰一共只通了 8 次

电话，因为他们之间总有时差，而小约翰去了三次医院，两次因为生病，一次因为在公园里疯跑时摔倒腿上受了伤。

日历上的红圈一天天地画，不管爸爸有没有按照预计的时间到家，他都默认今天爸爸一定会回家。终于，公寓大门外响起了小约翰日盼夜盼的小汽车刹车声。

“爸爸！爸爸！”被锁在屋里的小约翰拍打着窗户，手背上抹的眼泪和鼻涕也甩在了玻璃上。

18

“玛丽，这半年多你辛苦了……明天请个假吧，咱们带着约翰一起去看新家，我打过电话了，上次咱们去看的约翰未来学校边上的那套房子，居然还没有卖出去呢，而且它的价格还降了。我刚才洗碗时大概算了一下，首期款应该已经够了，哈哈！”

“真的啊？那太好了！儿子和我以后都

不用那么辛苦了，那个房子的位置对咱家来说简直太完美了！”

第二天吃过早饭，他们就开车来到了他们未来的家。久久没有生意开张的房产代理，跟玛丽和约翰一样，盼星星盼月亮，终于把卡尔盼回来了。

昨天，当他接到卡尔从家打来的咨询电话时，表情跟小约翰看到爸爸时基本是一样的。实际上，房产代理为了今天不让卡尔一家失望，他昨天晚上还连夜给这房子里里外外做了大扫除，惹得隔壁邻居家的狗警惕地叫了一个晚上，直到叫累了才趴下，用眼睛盯着这个怪异男人鬼鬼祟祟地在月光下完成了整个清洁工作。

“就是它吧，玛丽你觉得呢？”

卡尔在代理的带领下，把房子仔仔细细走了一圈，而玛丽则拉着约翰在后院的一个秋千上玩耍。

“约翰，爸爸都参观完了，你不去看看吗？”

玛丽没有回答卡尔的问题，而是问秋千上玩得不亦乐乎的儿子。

“妈妈，咱们什么时候可以搬过来啊，明天可以吗？”约翰的反应也给出了玛丽心里的答案，她从进到房子里的第一刻起，

就知道这间干干净净的房子就是他们未来的家了。

“什么时候可以签合同？”卡尔心领神会，转过身问一直毕恭毕敬地站在身后，但是早就困得在用坚强的意志力死撑的代理。

“现在，卡尔先生，如果您愿意的话，现在就可以签，我的合同在半年前就为您家准备好了！哈哈哈！”说着代理立马从西装上衣的口袋中掏出一份折了三折才放下的文件，然后在餐厅的台子上，用手狠狠地展平那两道深深的折痕。

合同签完了，两方相约转天下午就到银行办理后续的手续，还有最多两天他们就要跟那所拥挤的公寓彻底说拜拜了。

19

“约翰，你喜欢咱们的新家吗？”卡尔把玛丽送回公司，独自一个人带着约翰来到公园，玛丽繁忙的工作让她只能请下半天的假，虽然辛苦，但她现在整个人都充满了力量。

“当然喜欢啦，爸爸，那个家真的好大，那个秋千也太好玩了，可是它能承受住你的重量吗？你不会把我的秋千坐塌了吧？看来以后只有我和妈妈，还有猫猫能玩秋千啦！”说着约翰就在空中挥舞着他去哪都随身携带的小猫公仔。

“哈哈哈，我也觉得那个秋千看起来不是特别的结实，我还是就站在后面推你们吧。”

父子俩在毛毛细雨中开心地聊着天，不知不觉又来到了那片他们时常玩耍的草坪。虽然现在天气已经转凉，但欧洲冬天的水汽充足，草地依然是深绿色的。小约翰这半年确实长大了不少，也难怪跑起来妈妈都追不上了，见到可以满地打滚的草坪，小约翰更加高兴了，他挣脱卡尔牵着自己的手，在草坪上疯跑起来。卡尔当然比玛丽跑得要快得多，但他还是假意在后面追不上小约翰，看着眼前幸福快乐无忧无虑奔跑的儿子，卡尔笑了。

“哈哈哈哈，老爸你又偷拍我！”小约翰抱着毛绒公仔在有些潮湿的草坪上做了两个前滚翻，等他坐起来，才发现老爸又在举着手机偷拍他耍宝，“拍到我头朝下的时候了吗？给我看看！”

小约翰站起来，飞快地向卡尔奔去。

“当然拍到了啊！哈哈哈！等一会儿回到了家，约翰和妈妈一起挑一张今天拍得

最好的照片，咱们把它冲洗出来放进相框摆在新家里，好不好？”

卡尔把约翰抱起来，擦了擦小约翰已经出汗的额头。

“好！”小约翰高兴地答道。

卡尔抱着儿子继续往前走去，一边走一边眺望前边公园门口长椅上那个熟悉的身影今天是否在。

20

走到公园门口的长椅边，卡尔把约翰放下来，让他自己坐在椅子上。卡尔看了看表，也坐了下来。

“约翰，最近妈妈带你来公园玩时，看到过奥古斯塔爷爷和他的小猫们吗？”卡尔嘴里问着小约翰，眼睛同时在向四处张望。

“看到过啊，只不过看到他的机会好像越来越少了。我记得上次看到奥古斯塔爷爷好像是上上周的周末吧，也有可能是上上上周，我记不清了。”约翰低着头很认真地把猫猫公仔身上的青草都摘掉。

“好吧，那就让我们看看明天奥古斯塔爷爷会不会出现吧。”卡尔有些失望，但他还在公园出口熙熙攘攘的人群里寻找着。

“猫猫！”小约翰叫了一声。

“嗯嗯，等你给猫猫整理干净了，咱们就回家。”卡尔的眼睛在左前方一个瘦高秃头的背影上停留了一小会儿，但当他确定奥古斯塔的年纪是绝对不会走这么快时，他把右手伸到旁边想摸摸儿子的头，因为起初的毛毛细雨现在开始变大了些，他想用儿子外套上的帽子给他先遮一下，顺便看看儿子最喜欢的猫猫公仔是否已经清理干净了。

“约翰！！！”卡尔伸出去的右手什么都没有摸到，他马上就站了起来。

此时，长椅背后的十字路口交通信号灯发出的有规律声响变了节奏。一记刺耳的刹车声过后，整个街口都安静了……

21

“先生……”医院的手术室里出来两个白大褂。

“医生，我的约翰怎么样了？”一直瘫坐在手术室门口地上的卡尔，扶着墙起身，抓住一名医生的双臂。

“我知道现在我们跟您说的话，明显不合时宜，但事实是您的孩子在医学上讲已经过世了……”被抓住的医生看着已经恍惚的卡尔说。

“什么过世，不可能！他刚才还在草地上奔跑、翻跟头，他刚才还在跟我说话呢……你们再进去，一定有救的，一定有……”卡尔布满血丝的眼睛，几近哀求地看着眼前的医生，他玩命地想把医生再推回到手术室中。

“先生，您要冷静，孩子确实已经走了，回不来了……但是……现在有一个机会，您可以选择去救下另外一个孩子，他就在这个医院里，我们真切地希望您能够同意……”

站在后面的医生上前一步，握住了卡尔抓在他同事胳膊上的一只手。

“什么另一个孩子，你们让我同意什么？你们快进去救我的约翰，你们快进去，我求求你们了！”

卡尔完全不听医生们说的。

“我们的意思是说，我们希望您可以同意我们马上移植您孩子的心脏，给另外一个小孩，您的孩子我们已经竭尽全力，但真的救不回来了，可是那个孩子我们可以！但前提条件是，我们现在要先征得您的同意！现在！”

后面的医生提高了音量，他寄希望于

通过清晰明确的沟通，可以让卡尔尽快明白现在的情况。

“你们说什么？你们到底在说什么！你们现在不去救我的儿子，反而站在这里跟我说要用我儿子的心脏去救别的孩子？你们都疯了吗？你们都疯了！！！”

卡尔失控了，医院的黑人保安听到有人大喊大叫，也火速赶到了手术室门口。正当卡尔准备攻击那两名大夫时，保安用武力直接制伏了已经丧失理智的卡尔，他被牢牢地按在地上，无法继续再做傻事。

医生也吓了一跳，他俩回头盯着被按在地上、脸已经被挤压到变形的卡尔，然后又互相看了看摇了摇头，“先生，实在是抱歉，我们知道一般家属其实都不会同意的，但是因为这是我们的职责所在，所以就算被打，我们也要尽量为了多一个生的希望去试试看……您的意思我们都明白了，也绝对理解，请您节哀……”说罢，两名医生退回到手术室中，同时示意保安可以松开地上这个刚刚失去孩子的父亲了。

黑人保安慢慢地把整个身体从卡尔身上移开，他先放开了控制住卡尔双臂的左手，但右手始终按在卡尔的后脖子上，直到他感到卡尔并没有再做无谓挣扎的打算时，才把右手也收了回来。

卡尔并没有起身，而是静静地趴在原地，任由眼泪从脸颊滑落到一片片血迹和泥水混合在一起的地上。

22

“医生……”

就在手术室的大门就要完全关闭的时候，卡尔在地上用极微弱的声音喊道。

大门关闭了，但转瞬就又被打开。刚才退回急救室时，走在后面的医生把门从里面拉开。

“先生，您……”

“我的孩子真的已经救不活了吗？”卡尔几乎是在用最后的力气说话。

“是的，先生，我们尽力了，孩子伤得实在是太重了，对不起……”

这名医生在卡尔前面缓缓蹲了下来，旁边的保安紧张地赶紧上前要去阻止医生过分地接近卡尔，但医生立刻冲保安摆了一个不要靠近的手势。卡尔痛苦地闭上了眼睛，眼泪依旧从眼角不停地流淌出来。

窗外的雨越下越大，走廊上的钟表嘀嘀嗒嗒地走着，许久没有人再说话。

“我愿意……”卡尔从喉咙里挤出了三个字，而一直蹲在他面前没有离开的大夫，

也在卡尔说出这三个字时，再没能忍住，任由一直在眼眶里打转的泪水肆意地掉落下来。

他和保安合力将卡尔搀扶到旁边的长椅上后，便转身推开了手术室的门。

23

“约翰，约翰怎么样了？”

玛丽在公司接到了医院打来的电话，在大雨中她等了好久才打到车来到医院，因为手术室门口卡尔的状态好像越来越不好了，护士们怕万一卡尔再出现什么情况，就想方设法联系上了玛丽。

在护士的指引下，玛丽跑到手术室门

口，看到了已经面如死灰的丈夫，可不管玛丽怎么摇晃他，卡尔始终不发一语。

这时，另一对夫妻也来到了手术室门口，丈夫满眼热泪地拉起卡尔垂在腿边的双手，一个劲儿地道谢，妻子则想上前拥抱一下玛丽，但玛丽惊恐地张开双臂拒绝了。她用尽全力抓住卡尔的衣领前后摇晃，卡尔的后脑重重地磕在背后的墙壁上：“卡尔，你干了什么？我的孩子呢……”

24

夜晚小渔村码头里一艘破旧的渔船上，一个蓬头垢面的船夫，正在收拾他今天夜捕用过的工具。收拾完毕后，他拿出一把锈迹斑斑的剪刀对着船舱里一面已经碎裂的镜子，开始修剪自己的头发和胡须。

外面开始下起毛毛细雨，就像一年前的那样。

这个颓废的男人一整夜都如同雕像一般呆坐在这条破渔船里，他应该是在等待清晨的第一缕阳光，但满天厚厚的雨云，打碎了他的希望。

今天注定又是一个阴雨天了，欧洲阴冷的冬天，每年都是这样。

男子迷茫地看着舷窗上无数的雨点，汇成一条条水柱向下淌，他花了很大力气才站了起来，在定定神后，推开了破渔船后面的舱门，直接扎进了雨中，很快他背后的码头就消失不见了。

墓碑前摆放的东西，貌似又比昨天他来时多了一些。

男子依照这一年来每天的惯例，从上衣内侧的口袋中，拿出了一条几乎脱色的白毛巾，把墓碑上掉落的树叶和泥土统统擦掉。等他蹲下去擦墓碑下半部分的时候，他发现了一个鼓鼓的塑料密封袋斜靠在墓碑上。

他把袋子拿起来但没有直接打开，而是把密封袋正面的水渍都先用毛巾抹去了。

“约翰，谢谢你救了我。”

一行写得歪七扭八的小字映入眼帘。

“你还有脸在今天来这里！这是什么？”

正当男人准备打开这个密封袋把里面的东西拿出来时，一个女人径直从这个男

子身后抢走了袋子。她透过袋子也看到了里面信封上那行不工整的小字。

"'谢谢'……'谢谢'……太可笑了，今天我就让你看看你用孩子的心脏换来了的'谢谢'究竟是什么！"

女人的脸上带着一丝扭曲的笑容，一下从密封袋里抽出了一个毛绒公仔和一封信，原本干干净净的公仔，跟约翰生前整日抱着的那个一模一样，但没有了密封袋的保护，很快就吸水湿透了。信也湿透了，封面上那行用铅笔写的小字也开始慢慢褪去。

女人的双眼恶狠狠地注视着眼前这个

男人，把已经打湿的信封用手撕得粉碎扔在了地上。

男人从始至终都没有抬头看女人的眼睛，也没有任何反应。气急败坏的女人，就在这大雨之中开始猛扇男人的耳光。男人依旧没有反应，任由女人用尽力气扇的耳光全部结结实实落在自己的脸上，直到嘴角渗出了鲜血，女人才终于停手。

“滚啊，儿子不想看见你！你滚啊，滚！”女人推搡着让男人离去，男人仍旧低着头，他没有跟这个女人做抵抗，直到他被推出了好远，女人才回身又朝墓碑走去。突然间她转过身来，盯着面前的男人：“带着你的‘谢谢’滚！”

说罢，那个已经满身是水的毛绒公仔，被重重地甩到了男人的胸前。

25

外面的雨又大了些，昏暗的船舱里，男人孤独地坐着。面前的窗台上摆放着一个满是泥水的毛绒公仔，一个相框就立在这个公仔不远处的地方。

“喵……”一堆捕鱼工具里传出一声幼猫的惨叫，一只黑黄色斑纹的小奶猫全身湿漉漉的，被困在一张破渔网中。雨声实在太大，也许这个小家伙在那里被缠住很久了，只不过这次是用尽力气嘶吼，才让这个颓废的男人注意到自己的存在。男人拨开了渔网，小奶猫先警惕地躲到了男人能用手够到自己的范围之外，随后开始仔细打量起这个男人来。等到小奶猫确认这个男人根本没有伤害自己的打算后，它便放肆起来，天生的好奇心让它在整个船舱中这看看那看看，最后居然上到了男人的腿上，开始抓咬男人已经破洞的裤子。男人看了小奶猫一眼，单手轻轻地把它从腿上拿下来，放到了对面窗台上相框与毛绒公仔的中间。小奶猫看着自己远离了男人

裤子上的破洞，有点失望。但看到身边这个相框跟自己站起来应该差不多高，没准可以较量一下，便马上抱着相框开始啃咬。木头相框怎么会反击呢，小奶猫啃了一会儿就觉得无趣了，而相框死死堵住了它向前的去路，它只能无奈地扭头向毛绒公仔走来。公仔比它高不少，所以离公仔越近，小奶猫把身子放得越低，时刻提防着这个公仔会偷袭自己。在尝试几次用小爪子触碰公仔没有危险后，这个淘气包居然猛地打了公仔一下。好的，它不会动，这下可以放心了。小奶猫再也不用小心翼翼的，上去就开始对毛绒公仔又扑又咬。男人就那样始终两眼无神地看着眼前这个小疯子无理取闹。

突然，小奶猫一下子从毛绒公仔身上跳到了地上，弓着背惊恐地看着刚才还怎么抓咬都没动静的毛绒公仔，发出了奇怪的声响……

“咚咚……咚咚……咚咚……咚咚……咚咚……咚咚……咚咚……”7 次有着特定节奏类似敲鼓的声音，突然从毛绒公仔的身体里出现。男人显然也注意到了，他抓起窗台上的这个公仔前后翻看，这时鼓声再次响起，男人顾不上公仔身上的泥水有多脏，直接把公仔贴在了耳朵上。当鼓声在耳边响起的时候，外面的雨好像也停了，穿破云层一道金色的光柱正正地打在这条破船的窗户上，将整个船舱照亮……

26

“哈哈哈，原来‘老伙计’是送去装修了，这不是就跟尼科叔叔的小酒馆一样嘛，换主人后就得重新翻修一下。我就知道老爸没疯，他是不会把这个新家卖掉的，因为它是救过老爸命的尼科叔叔送的。唉，我得赶紧上去看看我的玩具还在不在，船厂的装修工人不会都给我扔了吧……”

看到重新出现在码头里的“老伙计”，我恐怕才是那个最开心的。这半个月在小酒馆寄宿的日子里，我必须时刻防备着乔治，怕它在我不注意的时候，突然对我采取打击报复。其实它真的还好了，无论我揪它尾巴、拽它耳朵，还是干脆把它脖子上的毛给薅下来，乔治都没有跟我真急过眼。狗这种生物太神奇了，长大的速度比我快了好多，当然它的饭量也比我大，尼科叔叔、新海叔叔，当然还有我爸，他们老哥仨一天到晚好像都在喂乔治，有时还有我。

今天的天气十分不错，新海叔叔很早

就从隔壁村里赶过来了，看来他们几个今天是要去测试改装完毕的“老伙计”吧。我坐在吧台椅上跟椅子底下的乔治说：“看来今天上午又要你自己守酒馆了，我们要出海去玩。你看我也没用啊，要怪就怪你自己，谁让你出海就晕船的。嗨，老爸老爸，我准备好了，咱们出发吧！”

老爸去到了里屋，半天才出来，他想像往常一样，推着轮椅把尼科叔叔送到船上去，新海叔叔应该在码头那边都准备好了。但这次尼科叔叔拒绝了，他先是弯下身用力抱起了凑过来一脸委屈的乔治，在它耳边说了几句话，然后就跟老爸表示今

天这段从酒馆到码头的路他不要再被人推着走，而是要靠自己的力量过去。

可惜自行车轮胎应该是有点亏气，尼科叔叔每往前转一下轮子，都显得特别吃力，300 米的路，我们跟着他走了好久好久。

“迎风换舷，准备……1、2、3！开始！”

坐在船尾舵轮处的尼科叔叔，指挥着守在舱门两侧银色绞盘处的老爸和新海叔叔。船头随着那一声“开始”，便快速转向。

“太好玩了！”看着船头白色的前帆，我感觉“老伙计”跑得越来越快了。

“再来！咱们再跑远一点！哈哈哈！”

尼科叔叔的笑声，最近在酒馆里听得越来越少了，没想到回到“老伙计”上面，他居然这么开心。三人每次协调一致的完美换舷动作，都没有让我们偏离既定的方向，“老伙计”像支离弦的箭一样，带着我们迎着清晨的海风，向着刚刚升起的朝阳驶去……

后记一

“喂，大婶，这里是新海广明的家吗？”

一所石头砌成的小房子外，一个背着硕大背包满脸大汗的年轻人，一边透过敞开的门缝望向屋内，一边敲门。

整所石屋被一大片葡萄园包围着，葡萄根茎上一个个刚刚冒出来的青绿色小嫩芽，给这片棕黄背景添了几分生气。

“您好，请问您找谁……”

赶紧小碎步跑过来开门的大婶，双手交叉在前，微微倾着身子问。

“新海……新海广明！这是他的家吗？”

年轻人着急地继续问。

“什么？实在抱歉，我不知道您在讲什么，您是问广明？”大婶一脸歉意地不停点头，尴尬地冲面前这个年轻人笑着。

“闪开……”背后一个刚毅的声音喊道，年轻人立刻往旁边挪了一步，佐藤信夫彪悍的脸出现在大婶面前，他一只手里攥着手帕，不停地在额头上擦汗。

刚刚入春，这种气温对人类来讲显然

不太友好，但对葡萄们来说则不然。

“您好，很冒昧地来打扰，我是佐藤信夫，相信您一定听说过我。”

佐藤谦恭地从口袋里掏出一张名片，双手递给了大婶。

“啊，佐藤老板，快请进，请进！”

大婶虽然双手接过了名片，但她根本就没看，当她听到对方用嘴说出自己是佐藤信夫的时候，大婶就知道他是儿子新海广明的老板。

“老板，她居然听不懂英语，可Hero的英文那么流利……”年轻人一边让佐藤先进门，一边小声说。

“白痴！新海的英语和法语都很流利，是因为他爱学习！再看看你，到日本都多少年了，连基本的日语交流都还不行，一路上我还要给你当向导，可真让人恼火。”佐藤生气地数落着年轻人，话语中满是无奈。

“您好，这位是亨利，是新海广明在餐厅里的同事。”

佐藤信夫进屋后，马上开始给大婶介绍起来，亨利就跟在佐藤的身后傻傻地笑着。

“哦，原来这就是亨利，广明电话里常常提起，他说亨利是他最好的朋友！”

大婶看着佐藤身后的这个小伙子，满眼都是欢喜。

“是的！是的！哈哈……老板，她刚才说的啥？”

亨利继续尴尬而不失礼貌地对着大婶笑，可马上又用手指悄悄从后面捅了捅佐藤信夫的腰。佐藤回头看着亨利已经涨红的脸，更加生气了，根本没有搭理他。

“之前一直承蒙您的照顾，我家广明总说有时间带我们去神户拜望您一下，可这里离神户太远了，葡萄园的工作又一直很忙……实在是不好意思，今天让您还亲自跑来这里了……您两位快坐，我去叫他爸回来。今天真的是贵客登门了。”大婶回到了门口，推开门冲着屋外的葡萄园呼喊，“孩子他爸，快回来，家里来客人啦！”

喊声底气十足，完全想不到是从那样矮小的身体里发出的。听到喊声，一个瘦小的干瘪老头儿从葡萄架中冒出头来。

“你们稍等，我先给你们倒茶，孩子他爸马上就回来。”

大婶又切换回了最开始的轻声细语，点着头向厨房走去。

“麻烦了。”佐藤也微微欠了欠身，点了下头。

不一会儿，那个田间的干瘪老头就拉

开门进来了，看到坐在屋里的佐藤信夫和亨利，不解地问："这是……"

"哎呀，老头子，这是儿子原来的佐藤老板，还有他最好的那个朋友亨利，你记得吧！"

大婶赶紧把自己的丈夫从门口拉到佐藤面前。

"哦哦，哈哈，都记得都记得，实在是抱歉，不知道您两位今天大驾光临，有失远迎啊！"老头子一个劲儿地鞠躬。

"哪里的话，是我们唐突了，没有向您二位提前通报，实际上我们这次是特意登门向你们和新海广明道歉的……不知道新海广明他人现在在哪里啊？”

佐藤信夫刻意打断了充满和谐的寒暄，直奔主题。

听到这儿，两个老人的表情变得微微有些凝重，他们互相看了看对方，最后还是由母亲说话：“想必您可能已经知道广明那孩子的身体出现了问题……他从您那里回来后，的确在家里跟我们待了一段时间，但那段时间里，他基本都是把自己关在房间里，也不和我们说话，而且……而且根本不许我们在他面前提起葡萄或者葡萄酒什么的……您一定不要再责怪他了，他虽然当时对您隐瞒了病情，是他的不对，最后还给您捅了那么大的娄子，但这孩子也是为了能继续留在餐厅里，能继续跟葡萄酒为伴，迫不得已才犯下的错，请您无论如何也要原谅他。他已经很可怜了，上天对他实在是太不公平了……”

说着，老母亲的眼圈就湿润了，老头子站在旁边抿着嘴，没有再多说话。

“不不不，您真的理解错了，我们今天不是来责怪谁的，如果说有错，那也应该是我的！是我没有照顾好您的儿子，请您一定要原谅我！”佐藤信夫双手并拢给面前的这对老夫妻深深地鞠了一躬，“如果当初不是我的误判，执意非要开门营业，新海広明也许都不会感染病毒。后来他康复出院后，我作为老板，也没有给他足够的关心，如果仔细观察，一定会发现他的状态跟以前不一样……还有，至于那件事……”佐藤直起身看了一眼夫妻俩，“那更加是我的错误，是我亲自把那个畜生招收进餐厅，还送到新海広明手里，让他去培养，谁知道他的秉性居然坏到骨髓，不仅辜负了我的信任，更加辜负了新海広明这个师父，现在他已经在监狱之中，我保证他会得到他应有的下场！”

佐藤信夫口中的畜生，就是新海広明当年最得意的徒弟福田大翔，佐藤在面试时只看到了福田眼神里的野心，却没看清楚这个人的本质……他本期望经过新海広明悉心调教之后，福田可以有朝一日独当一面，去帮助ROYAL ONE在其他城市开枝散叶，却没想到福田生性好赌，在得到新海広明的信任后，居然背地里买假酒回来，然后再把餐厅里的真酒拿出去卖掉，中饱私囊。

福田那段时间也真是运气爆表，因为新海広明要隐瞒自己的病情，所以越来越多的事情，正好交到福田这个徒弟手上，福田当然不知道师父的病情，全当是师父为了刻意地锻炼徒弟，才让自己的权力越来越大的。

但是东窗事发那个晚上的事，却完全出乎了福田大翔的预料。按照事先新海広明敲定好的，当天给山田重雄会长那桌上的，本应该是一瓶阿曼卢梭的CHAMBERTIN，但新海広明在酒窖里，突然临时决定改用平时并不常给客人推送的LA TÂCHE，而且新海広明也没有等福田大翔这个徒弟回来开瓶，自己直接从酒箱里拿出一瓶，开了就倒进醒酒器中，让服务员给包厢送了过去。福田回到了酒窖，看到自己准备好的CHAMBERTIN还好好地放在台子上，旁边那个之前被自己做过记号的LA TÂCHE酒瓶却已经空空如也，差点就晕了。福田并不是哪桌都敢用假酒糊弄的，他一直都只是小心翼翼地在餐厅中寻找那些酷爱附庸风雅，但实际对葡萄酒狗屁不懂的绅士靓女们下手，像山田重雄这种老江湖，借福田一百个胆，他也万万不敢用假的去欺骗。

在当新海广明把责任全担下来引咎辞职后，福田发现整件事并没有波及自己，他开心极了。老师新海广明的离开，意味着自己这个做徒弟的实际上已然是ROYAL ONE的酒水总监了，就连主厨亨利，也一定要跟自己商量那些重要饭局的餐酒搭配问题。

可让福田绝对没有想到的是，看起来永远长不大、只沉浸在自己美食世界里的亨利，从那天起就开始了对他的怀疑。

9 个月后的一天，福田大翔在 ROYAL ONE 的酒窖里被抓，当日一起被捕的，还有整条假酒生产制作销售链的犯罪成员。佐藤信夫看到被警察从酒窖里铐出来灰头土脸不敢抬头的福田，当场怒发冲冠，他不顾亨利和四个警察的围拦，还是直接打掉了福田的两颗门牙，又踹断了他四根肋骨，所以福田大翔刑期的前半年，是在医院的病床上度过的……

一切最终得以真相大白，都要感谢

“脱线宝宝”亨利在那段时间里不动声色地秘密调查，他不仅帮助警察一举破获了整个制贩假酒的犯罪集团，也偶然在自己医生父亲的提示下，找到了好友新海广明出走的真正原因。

“您二位可以告诉我，新海广明现在人在哪里吗？我们这次来，就是想带他回餐厅去的，虽然他现在的身体状况，的确不能再担任侍酒师的职位了，但我有一个更好的职位要给他，您看看这个……”

佐藤从亨利的双肩背包里拿出一份文件，上面写着“ROYAL ONE 股权协议”。

二老面面相觑，看着摆在面前的协议：

“我们哪懂这些，要不您还是直接跟广明谈吧……只是，他已经不在日本了……”老母亲为难地看着诚恳的佐藤。

“那他现在人在哪呢？我怎么才能联系到他，我相信他一定会对这份协议感兴趣，一定会跟我回去的！”佐藤急切地抓着老太太的手问道。

“实际上我们也不知道广明具体在什么位置，我们真的是孤陋寡闻，而且老糊涂了，他之前告诉过我们，但外国的那些地方，名字都太长，就算儿子再告诉我们一次，我们也肯定还是记不住的。不过，他之前倒是寄过一张明信片给我们，说他就在明信片里的那个地方，我现在给您找找看啊……”

老太太站起身回到卧室里，然后拿着一张明信片回来，递给了佐藤。佐藤信夫和亨利看到明信片上的照片，立刻对视一下心领神会地笑了。

后记二

老爸和新海叔叔自从今天上午出海回来，谁也没有说过一句话，现在两个人手里都握着酒瓶，彼此坐在很远的椅子上，而我则吃了一天的剩饭，无论我怎么冲老爸撒娇，他都只是敷衍地摸摸我的头，然后示意我自己去玩或者找点儿别的事干。

“汪！汪汪！”原本闷闷不乐一直在地

上趴着的乔治，突然兴奋地站起来，摇着尾巴冲着酒馆大门叫了两声，看来是尼科叔叔回来了。

老爸今天上岸的时候还骗我，他说尼科叔叔趁我不注意的时候，开着另一条更大的船去了很远很远的地方，一时半会儿都不能回来了。

“您好，请问……”

从门口探进了一个脑袋，身材矮矮的，还戴着一个黑边胶框眼镜，这显然不是尼科叔叔，乔治看到是个陌生人，失望地对着门口又趴下了。

“对不起，我们今天不营业了！想喝酒

请您过段时间再来吧，如果这个酒馆还在的话……”

老爸和我坐得离门口近一点，所以老爸先对来的人说话了。

“那个，我其实不是来……”小个子边说边从打开的这道门缝往屋里钻。

“实在对不起，我们确实不营业了，如果您想喝酒的话，再顺着这条路往前面走一点点就行了，那里还有一间酒馆。”新海叔叔也从吧台那边走了过来，对已经站到酒馆内的这个眼镜男说道。

“我真的不是来喝酒的，请允许我先自我介绍一下……”进来的陌生男人扶了扶

眼镜。

“推销的话，也请您过些日子再来吧，今天我们真的什么都不需要了，拜托了……”

老爸好像有点儿不耐烦了，以前的他是不会这个样子的。

“我不是喝酒的，我也不是推销的，你们让我把话说完。”眼镜男挺了挺胸，抬高了音量，“我想你们二位就是卡尔先生和新海広明先生吧，我是尼科先生的律师，我叫文森特，这是我的名片。”说完，他从手里的一个棕色公文包中翻出两张名片。

“什么，原来您是尼科的……您快进来，您请坐！”

老爸和新海叔叔的态度来了一个180度的大转变，热情地把这个小个子男人，从门口直接拉到了吧台旁那张最大的桌子边。

“律师先生您好，实在是抱歉，我们不知道这么晚除了酒客们谁还能来这里，我们还在门外竖了停止营业的牌子，真的没想到……”新海叔叔在道歉。

“就请叫我文森特吧，其实今天我来是受尼科先生所托的，我们之前就约好了今晚……”

眼镜男把公文包从手中放到了桌子上，人也坐了下来。老爸刻意躲过眼镜男的眼神，什么都没说，只是随手拉了一把椅子也慢慢地坐了下去。

“尼科他今天……”新海叔叔闭上双眼，眉头皱成了一团，双手攥在一起不停地揉搓。

“我知道……事实上，我比你们更早知道一点儿……”眼镜男看着桌子边上痛苦的二人，把音量又收回到了他刚刚进门时的样子，“正如尼科先生之前跟我沟通的那样，他希望在他今天离开后的第一时间，我马上就可以出现，但很不幸我的火车居然晚点了，所以才在这个时间赶到这里。”律师大概解释了一下，然后突然清了清嗓子，又提高了音量，“受尼科先生生前之托，我今天来一共有几件事情跟二位宣布……好吧，也不能叫宣布了，就是有些手续方面的东西，需要跟你们交接一下，顺便再告知一些尼科先生希望你们知晓的信息。好吧，先生们，要不咱们就一个一个来吧，今天可能要耽误你们久一点了……”

律师从公文包里又抽出了一大叠文件。

“这个，我看看，嗯，这个是给您的，新海广明先生。”律师把那叠文件双手推到新海叔叔面前，“很遗憾尼科先生的几个酒庄，在很早之前就已经拍卖掉了，他把拍卖所得的所有款项，全部捐给了政府。但是，那次拍卖只是针对酒庄和酒庄所属土地的，并不包括尼科先生这几十年来最伟大的收藏，也就是酒庄地下酒窖里总计 7029 瓶的稀世佳酿。现在，新海広明先生，这些酒都属于您了。来，请您在这个地方签个字，至于这些酒的清单就附在后面。”

“什么……”新海叔叔睁大了眼睛看着眼前这个谢顶的男人，看起来他并不相信这些话，“尼科他怎么会把这些酒留给我……”

“请您务必在这里签字，这是尼科先生

的期望，我这里有他完整且清晰的录音证明和授权书，如果您需要，我随时都可以向您展示。”律师看到新海叔叔脸上怀疑的表情，马上正襟危坐摆出官方做派，“您的情况，尼科先生已经跟我详细表述过了，您是嗅觉味觉失常，只能对有咸味的东西有感觉，我说的没错吧？”

“没错啊，所以这些酒留给我到底有什么意义呢？再好的酒我也品不出来了，我现在只能喝这个……”

新海叔叔边说边举起手里时常都握着的那种酒瓶给律师看，这是当地最出名的一种白葡萄酒，因为味道是微咸的，所以对于新海叔叔来说，这可能是他在这个世界上唯一能喝出味道的葡萄酒了。那个咸味我不是很喜欢，但乔治超感兴趣，每次新海叔叔开了瓶，乔治不是冲过去舔酒塞，就是等新海叔叔喝完，再去舔他的空酒瓶。

“您先听我说完，这些酒其实严格意义上讲也不是留给您的，只是交给您来分配而已。二位刚才说要关掉这间酒馆是吧，请别这么着急做决定，这第二份文件您二位需要一起来看。”说着，律师从公文包里又掏出一份文件，厚度比刚才给新海叔叔那份要薄了很多，“这是地契的复印件和赠与文件，咱们所在的这间酒馆尼科先生已经直接买下来了，他之前对您二位说是租的，实际上是骗你们的。至于地契的原件在哪，稍等尼科先生会告诉咱们他存放的地点。而这份无偿赠与的文件显示，这间酒馆卡尔先生和新海広明先生一人一半，请您二位在这个地方签字。”

律师把文件直接翻到了最后一页，把签字的区域指给越听越呆若木鸡的二人。

“尼科先生希望你们能信守自己的诺言，即便他现在不在了，他也由衷地期望你们两个以后可以同心协力，把之前商定的计划实施下去，而不是他一走，你们马上就选择放弃……这也就是他让我今天必须赶到这里的原因。看情况我虽然是迟到了，但来得还算及时……”

律师很认真地点了点头。

“还有一份文件，这个是给卡尔先生的了。”律师从包里又拿出一叠文件，这次推给了老爸，“这是尼科先生旗下所有游艇和帆船的所有权证明，它们现在停靠在波尔多港、福斯港还有马赛港，当然这里面也包括了门外码头那艘‘恶魔珍珠号’。虽然尼科先生的船有很多，但据我所知，他还是最钟意这艘‘恶魔珍珠号’了，不然最后的旅程他也不会选择让它来陪着。哦，这些是它们的赠与协议，它们现在都是卡尔先生您的了。尼科先生曾经对我说过，对于这些船来说，您会是比他更好的主人，至于怎么处理就全权交由您来做决定好了。”

“这么多……”老爸放下手里那个酒标破损的酒瓶，从桌上拿起那一沓船舶所有权文件翻了一下，为难地问，“这一年停船费得多少钱啊？”

“好的，绅士们，我的任务马上就要完成了，还有最后一件事了。请告诉我尼科先生和你们二位合影的那个照片在哪里？”

律师从椅子上站起身来，扬起眉毛问。

“在那儿，怎么了？”

老爸和新海叔叔同时看向律师背后的方向。

“嗯！很好！哎哟，我的天！”律师刚转过身，就被吓了一跳，“尼科先生只告诉了我是张照片，没想到居然是这么大一张……”

律师上前几步，手扶眼镜眯着眼上下打量起背后墙上的这张巨幅照片。这张照片就是他们劫后余生的三人初次相识的那晚，来到这间酒馆，让前任老板在酒馆里亲自给照的，我当然也在里面，乔治每次看到这个照片里没有它，都会很失落，那时新海叔叔还没有把刚出生的乔治送过来给尼科叔叔做伴。

“在这里！”律师从大照片右下角的背面抠出来一个信封，他回到桌子边将信封撕开，把信封里的两个东西都倒在了桌子上。

老爸和新海叔叔每人从桌子上拿起了一个来看：一个是叠成了千纸鹤的地契原件，一个是酒馆里最普通最普通的杯垫。只见杯垫的正面用铅笔写着几行小字：“我曾历尽千帆，自认为没有什么可以再撼动我的心了。可这世间有太多的冷暖是我不曾体会过的，今晚你愿意把你的故事写下来跟我分享吗？我会为你开一瓶好酒，静静地听你讲完……”

再翻过来，又是一行小字："兄弟们，当你们看到这个杯垫时，我应该已经不在人间了，谢谢你们陪着我走完这最后的时间。原谅我从来没有告诉过你们，其实遇到你们的那个阴雨天，我正孤独地坐在船舷边，准备放弃自己投身大海。骨癌晚期的痛，真的不是一般人可以承受住的，虽然现在看起来结局也并没有什么不同，但我自己知道，你们为我争取到的这 53 个日夜，让我究竟有了多大的改变……"

推开酒馆的门，文森特透过昏暗的路灯和斑驳的月光，望向不远处的"恶魔珍珠号"。

初春深夜的气温仍旧很低，呼吸都会出现哈气。

文森特单手拉了拉大衣的领口，渐渐消失在了寂静的黑色里。